Yo también

Para Gabriella

Un libro de Dorling Kindersley

©1993 Susan Winters
©1999 Ediciones Ekaré
Edif. Banco del Libro, Av. Luis Roche
Altamira Sur, Caracas, Venezuela
Titulo original: *Me Too*
Publicado originalmente por Dorling Kindersley Ltd.
9 Henrietta Street, London WC2E 8PS
Traducción: Elena Iribarren

ISBN 980-257-231-4
HECHO EL DEPOSITO DE LEY
Depósito Legal lf 15119988002110

99 00 01 02 03 04 05 06 07 08 09   10 9 8 7 6 5 4 3 2 1

Yo también

SUSAN WINTER

EDICIONES EKARÉ

Mi hermano es muy inteligente...

A él le gusta leer.

A mí también.

A él le gusta construir cosas.

A mí también.

A él le gusta escribir.

A mí también.

A él le gusta disfrazarse.

A mí también.

A él le gusta saltar.

A mí también.

A él le gusta correr.

A mí también.

A él le gustan los insectos.

A mí también.

A él le gustan las películas de miedo.

A mí también.

A él le gusta hacer trucos de magia.

A mí también.

Él me necesita.